몸은 가운데부터 운다

임인숙 시집

몸은 가운데부터 운다

달아실 시선

22

달아실

당신 품은 따스하고 아늑했습니다
시리고 고단했을 당신 등을 생각합니다

사는 게 헛일 같을 때
다소곳이 젖고 있는 벚나무를 만났습니다

마른 가지 물오르면
벚꽃 피고

그 길 당신이랑 같이 걷고 싶습니다

2019년 끝자락에서
임인숙

차례

몸은 가운데부터 운다

시인의 말　5

1부

설해목　12
말을 하고 싶다　13
문득　14
생트집　16
배를 찍다　18
서 있는 가을　19
해넘이　20
이명耳鳴　22
첫눈　23
정년　24
낯선 시간 ─ 정년　26
엉겅퀴 사랑　28
낮술　29
벚나무 아래서　30
지병　31
걸어온 길 보인다　32

허방　34

봄바람　35

해안선　36

봄이 간다　37

코스모스　38

2부

산비　40

오월 어판장　41

대관령 옛길　42

옹님이 엄마　43

윤사월　44

뒷문을 열다　46

꽃눈　47

화부산花浮山　48

독백 ― 요한이는 두 번 파양되어 성당에서 살고 있다　50

멍　52

꽃을 꽂은 여자　53

3부

몸은 가운데부터 운다　56

호박죽　58

무심천無心川　60

바람 부는 날　61

아쁘깡　62

이별 준비　64

대구　65

마늘을 심다　66

밸런타인데이　68

은행나무　70

배추를 씻으며　71

큰이모　72

튜브 속 세상　74

고사목　75

생일　76

아우성　78

먼 별　80

돌무덤　81

4부

이명고개　84

숨은 꽃 — 소녀상　86

어판장 커피집　87

연당蓮堂　88

몽돌　89

검은 숲이 젖어 있다　90

이슬　92

봄 마중　93

처서　94

눈 오는 날　95

천 개의 바람이 되어　96

연변　98

정물화　99

비설飛雪 — 제주 4·3평화 공원 모녀상　100

해설　화해와 연민으로 가는 도정, 그리고 순정함·이홍섭　102

1부

설해목

몸은 활처럼 휘었다

보잘것없는 삶이라도
삶은 버티는 것,
버티는 것이라고

버틴다

밤새 내린 눈을 업고 버틴다

세상을 사랑하는 일은
시린 허공에 계단을 쌓는 일

끊어질 듯 휘어진 허리
쌓인 눈을 업고 버틴다

말을 하고 싶다

저녁 해 그림자 길게 뉘면 말을 걸고 싶다

이슬을 덮고 인적 드문 벤치에 누워 있는 남자
빈 박스, 무겁게 끌고 가는 등 굽은 노인
어두운 골목에서 누군가 기다리는 소녀

말 없는 그들을 흔들어보고 싶다
흔들다 눈물이라도 떨구면 그냥 젖고 싶다

축축하게 젖어 무겁게 얹힌 말
누르는 돌을 들어내주고 싶다

창문만 두드리다 돌아가는 바람일지라도
말을 걸고 싶을 때가 있다

서쪽으로 그림자 길게 누우면
침묵에 익숙한 그들에게 말을 걸고 싶다

문득

종일 나를 서성이게 하는 이
잠가둔 시간 틈으로, 문득
온다

해풍 속으로 종일
날 끌고 다니는 한 문장도, 문득

햇살 깔깔거리는 오월의 정향 숲으로
나를 데려가는 것도, 문득

눈바람 부는 날
홍매화 움트는 것도, 문득

생전에 미워했던 아버지
그리운 것도, 문득

네가 보고 싶을 때 걸려오는 전화도, 문득

지쳐 돌아오는 저녁

외로움도, 문득

발끝 어두운 골목길 가로등도, 문득
켜진다

생트집

청국장이 끓는다
부글부글 들썩대는 품이 날 닮았다

별것도 아닌 일에 자주 용광로처럼 끓는 나는
오행 중 火가 꽉 찬 사주란다
제 속과 불화하는 이유를 알 것도 같다

이왕 끓으려면
녹슨 쇳덩이라도 녹여 쇠북을 만들든지
아니면, 입맛 나는 청국장이라도 끓이든지
기껏 제 속이나 끓인다

仁淑, 사주와 잘 맞는 이름이라고 한다
점쟁이는 숙淑의 물水이, 넘치는 화火를 꾹 눌러
세상과 화해하면서 사는 게 그나마 이름 덕이란다

아버지가 딸을 조금 덜 사랑해서 아니면 더 많이
사랑해서
숙淑이 숙熟이 되어 끓어 넘쳤더라면

당신을 폭파했을까, 내가 터졌을까
가슴에 우담바라를 피웠을까
녹슨 쇳덩이 녹여 하늘이라도 울렸을까

멀찍이서 세상을 구경이나 하듯 산 게 이름 탓인가
생트집을 잡아본다

배를 찍다

삼각대 세우고
바다 한 조각 떼어
그 가운데에 초점 맞추고 배를 기다린다

셔터를 누르는 순간 달아난 배
사각 틀 모서리에 꼬리만 잡혔다

프레임 안의 프레임처럼
꿈속에서 꾼 꿈은
초점 나간 사진처럼 뿌옇다

더듬어 온 길은 안갯속

깨고 나면 생은,
삭제할 수 없는 사진처럼 남아 있다

뷰파인더 속 바다에 멀미하며
오늘도 배를 찍는다

서 있는 가을

햇살이 굵고 깊어지면
바람 무게 더 무거워
자꾸 걸리는 어깨

통증으로 날밤을 새우는 동안

산 내려간 단풍은
승천하여 겨울밤 별이 되겠다

가을이 다 가도록 나는 빈손이다

해넘이

새해 새벽, 새 눈을 연다

눈썹 하얘진다는 섣달 그믐밤
졸린 눈 애써 뜨고 있던 어린아이가 되어

떡국 한 그릇 더 먹으면
배불러 마음 뺏기는 일 적어지고

서리 곤두선 보리밭 밟는 이유 알 듯하고
고개 끄덕이는 일 더 자주 있으면
마음 가벼워져

삶이 대단한 것도 두려울 것도 하찮은 것도 아니라
는 걸 알게 되고
나이 먹는 일도 섭섭하지 않아

그래 그럴 수도 있지
귀 열리고
〉

앞산 이마만큼 환해지면
남은 날 정성 모아 사랑할 수 있겠다

이명耳鳴

모두 잠든 시간
홀로 깨어 있는 귀

형광등 불빛 소리
입 비틀어진 모기 날개 비비는 소리
때늦은 풀벌레 소리
오래된 장롱 등짝 갈라지는 소리
멀리서 개 짖는 소리
고무패킹 헐거워진 변기 물 새는 소리,
어둠 찢는 금속성 소리
난 줄기에 물오르는 소리
징징 깨진 징소리
윗집 여자 슬리퍼 끄는 소리…
…
소리는 지천인데

정작 듣고 싶은 네 목소리는 없고
귀는 혼자서 운다

첫눈

달이 차고
젖멍울 단단해지면
스치는 실바람도 부끄러워라

옆집 오빠 장가가는 날
첫눈은 맥없이 녹아 달빛은 축축하고
그리움은 아득하여
도무지 서럽기만 했어라

젖은 눈으로 잠든 밤이면
드라마 속 주인공 되어 아픈 사랑을 하고

고만고만 사는 세상이 뻔하고 시시해서
슬픈 사랑만 진짜 사랑이라고 우긴 적 있어

스무 살까지만 살 거라고, 맘먹은 적 있어

정년

날이 났다

날을 받고 보니
매일 다니던 출근길인데
왜송과 동백이 새삼 눈에 들어온다

잘 다듬어진 왜송은
젖살 빠진 청년처럼 근육이 붙고
키 작은 동백은 더 붉다

마지막 수업, 말간 이 애들을
세상 입맛대로 가위질한 것은 아닐까
세상 눈금 벗어난다고
붉은 심장 깊숙이 검은 돌 박지는 않았을까

날을 받으니 질문이 날아온다

날아오는 질문을 하나하나 보자기에 싼다
〉

사십여 년 풀어놓은 짐은 보잘것없는데
보따리는 무겁기만 하다

낯선 시간
― 정년

낯선 시간

멀리서 마른 바람이 분다

뚜우뚝 마른 뼈 금 가는 소리

하얗게 날리는 각질

보일러 기침 소리 너무 커서

아파트는 부르르 몸을 떤다

생성과 소멸은 같은 얼굴

유효 기간이 지났다고 서운해할 일도 아니다 다독인다

그래도 낯선 시간

오래된 아파트

몸 삭는 소리나 숨죽여 감상한다

엉겅퀴 사랑

당신 혓바닥에
흔들리는 몸 감추려고

문 없는 방에서
어둠만 먹고 자라
잎마다 가시예요

사랑의 기쁨보다
우아한 고독을
보랏빛으로 피웠어요

접근하지 말아요
당신을 사랑해요
우리 사랑은 가시가 많아

문밖 당신도 쓸쓸하겠지요

낮술

병원 창문까지 따라온 봄빛에 푼 목도리
아무리 되짚어봐도 행방이 하얗다

정신이 하얘지는 건 몸속부터 삭는 것
뼈 시린 날 많아, 봄이 다 가도록 겨울로 산다

연분홍 치마 휘날리는 달뜬 사거리
목도리 행방은 묘연하고 수술한 어깨는 삐걱거리고

녹슬고 삭아서 명의도 더 수리할 수 없다는데
이런 날, 어찌 낮술 한잔 걸치지 않으랴

푼수가 한량은 못 되고 마음이나 푹 삭아
곰삭은 식해食醢만큼 풍미나 있었으면

뭘 그까짓 일로 하겠지만,
산 넘는 석양만큼 불콰해지고 싶은 날이다

벚나무 아래서

뿌연 빈 들 안개비는 경계를 지웠다

밤도 낮도 아닌 시간
벚나무는 다소곳이 젖는다

축축해지면 마른 가지에도 길이 난다는데

벚나무 젖으면
몸 뜨거워지고
꽃잎 환하게 피겠다

늘 떠다니는 내 발도 젖으면
밑동 굵은 뿌리가 날 것이다

지병

벚꽃 펴도 꽃물 들이지 않는 일

수양버들 낭창낭창 흔들려도
흔들리지 않는 일

부새우 튀어 오른 자리에도
고요를 깨지 않는 일

조약돌처럼 단단해지는 일

물잠자리만 앉았다 가도 핑 도는 호수

걸어온 길 보인다

배롱나무 배롱 지고
은행잎마저 물들기 시작하면
걸어온 길이 보이지 않는다

마음 밖에서 서성이는 날
서가書架 앞에 서니
들쑥날쑥 꽂혀 있는 꿈들

「사랑할 땐 별이 되고」
「일기일회一期一回」
「젊은 엄마를 위하여」
「선생님으로 산다는 것은」
「곱게 싼 인연」

풀꽃반지 나눠 끼며
꿈꾸던 사랑이 그리운 날, 사는 것이 먹먹해서
주저앉아 울고 싶은 날, 속눈썹 긴 첫아이를 안고
가슴 떨던 날, 배반당한 마음들을
보듬고 싶은 날,

내가 낸 오솔길,
걸어온 길 보인다

그러고 보면 길 본래 있었던 것은 아니다
봄빛 고운 날
옥수수 연두 부리가 땅길 여는 걸 보면 안다

허방

보따리는 무겁고
마음은 둘 곳이 없다

해거름녘 산마루에 있는 학교까지 올라왔다
여름 해가 종일 달군 긴 의자는 뜨겁고

마른 목 축일 자유도 없다는 듯
운동장 구석 수도꼭지는 부서져 있다

산 아래 바다를 바라보고 있는
잎 넓은 나무도 그늘을 접었다

하늘은 비었지만 보따리는 풀 곳이 없고
수평선에는 부표 하나, 물 위를 걷는 것 같다

너무 멀리 왔다
돌아갈 수 없는 그만큼의 거리에서
산다는 게 허방 같을 때가 있다

봄바람

불현듯 개나리가 활짝 폈다

꽃은 피고 피고
햇살은 낭창낭창

마음이 보채서
꽃 난장 헤집고 다니다

꽃 멀미로
뒤집어진 속 달래려고
3박 4일 소주만 삼켰단다

꽃 피고, 꽃 지는 일 허한 일이어서
마셔도 마셔도 허기져

꽃 난장 헤집고 다니다
꽃 덤불 속에서 길을 잃었단다

해안선

손톱 밑이 까매지도록 땅따먹기를 했다

튕긴 돌 돌아오지 못하고 허공으로 날아가자
심술이 난 동무는 금을 다 지워버렸다

금을 지웠는데
쨍 ―
금 가는 소리가 땅거미 지는 골목을 오래 울렸다

선을 그을 때마다
일어나는 거스러미로 생인손을 앓으면서도
먼저 금 긋는 버릇이 생겼다

더러 사는 게 갑갑해서
한 발 내디디면 달려오는 파도, 금의 안쪽이 단호
하다

봄이 간다

쿨하게
이별한 다음 날

기지개 켜며
안개 속 걸어 나오는 산은
어제 그 산이 아니다

갈매기 손짓 따라
출렁이는 새벽 바다도
어제 그 춤사위가 아니다

초록 풍성해진 산
푸르고 깊어진 바다
더 벙그러진 조팝나무

봄날은 가고
정체 모를 그리움 자꾸 따라와

쿨한 이별은 없어

코스모스

너에게 가는 길은
코스모스 바람에 기대어
온몸으로 우는 길이어서
마음 앞서고

너에게 가는 길은
지는 해 따라온 슬픔이
어둠처럼 차오르는 길이어서
마음 뒷걸음질 치고

갈수록 멀어지는 이 길은
맨 맘으로 올 수 없는 길

2부

산비

잎 떨어져 알몸이 된 동박나무
생각에 잠겨 휑한 산길

고여 있는 낙엽은
구름 속에 촛불을 켠 듯 환하다

문턱에서 기다렸다는 듯
안겨 오는 단풍 한 잎 너인 양 반갑다

나 잘 있어요,
하는 듯해서 마음이 풀리고

산에서는 마른 내가 난다
향 피워 올리는 듯 오는 산비

간 사람은 순하게 보내야지

돌무덤에 수북이 쌓인 낙엽
올겨울에도 이 집은 따뜻하겠다

오월 어판장

젖은 시멘트 바닥에 누워 있는 물곰

물 장화가 툭툭 차서 줄을 맞춘다

하필 해장국집 전 씨에게
목덜미 잡혀 끌려가는 그놈과 눈이 마주쳤다
하얗게 질린 눈,

일천구백팔십년 오월, 저 눈 본 적이 있다
목덜미 잡혀서 질질 끌려가던 사람들
맨몸이 쓸며 간 자리마다 맺혔던 붉은 꽃물

목덜미 끌고 간 사람
누구냐고 물어도 대답은 없고
그 순한 눈만 빠진
오월 새벽 바다에서는 핏빛 맨드라미가 핀다

대관령 옛길

여자는
가슴속을 다 비우고야 말 것처럼
가쁜 숨을 쏟아내다 말고

잘생긴 나무를 두 팔로 안고
얼굴을 가만히 대고는 하는데, 그게 꼭
사내 품에 안기고 싶어 하는 계집 같다

가을 해가 지기에는 아직 이른 때
돌무더기에 돌을 괴어도 좋을 때

금방 물기 배어나올 듯
그녀 등에서는 축축한 이끼가 피어나고

지나가던 바람 가만히 등을 쓸어준다

옹님이 엄마

시뻘건 눈으로 주막에서 들어온 사내는 새벽에 제 여편네를 삽자루로 개 패듯 팼다 잠 설친 이웃들이 울타리 너머 휩쓸고 간 전쟁터를 훔쳐보는데 옹님이 엄마는 여일한 듯 뒹굴고 있는 삽자루 헛간 벽에 기대놓고 이슬 젖은 열무를 추려 단을 묶는다 '새끼 잡기장사줄 돈 한 푼 없는데 허구한 날 노름질 계집질에 지랄이나 해대고 귀신은 머 하나 몰라 저런 화상 안 잡아가고' 코 고는 소리 들썩한 방문에 대고 주먹질을 하다가 악다구니를 쓰다가 훔쳐보는 이웃 들으라는 듯, 일러바치는 듯 신세타령을 풀어놓는다 부모 복 없으면 남편 복도 없다더니 구성진 곡 늘어지는 동안 옹님이 엄마 분하고 서러운 마음은 잦아드는 듯 심줄은 불끈 서는 듯 열무 열 단을 이고 사립문을 나선다 오일장 가는 길 연당에서는 실하게 꽃대가 올라왔다

윤사월

금방이라도 발사될 듯
장전된 송화

꽃술 높이 추켜들고 있는 기세
성스럽기까지 한 봄날

열일곱 아비 품에 안겨
꼬물꼬물 배냇짓을 하는 갓난애

동갑내기 어미 곁에는
마흔두 살 할머니 혀 차는 소리

숨 고른 어린 것 볼을 가만가만 쓸어보는
윤사월

세상에 던져진 일
웃을 일도 울 일도 아니라는 듯
꽃 진 자리에 새 열매는 앉고
〉

한 줄기 바람에 날아온 송화
어쩌다 여기에 왔는지 묻지 않기로 하자

뒷문을 열다

인사동 막걸릿집에서 만난 그녀는 말했다
학교 다닐 때 선생님들이 너무 싫었다고

동글동글해지는 것은 재미없다고요
왜 똑같은 머리 똑같은 옷을 입어야 해요

그 말 짐짓 모른 체했지만,
다시 만난 그녀는 보랏빛 차돌같이 예쁘고 단단했다

수능 앞두고 마음 바쁠 때
엉뚱한 질문으로 분위기 깨뜨린 녀석에게 면박 주고,
잠 설친 날은
시커먼 주물 틀이 갑갑할 그 녀석을 위해
교실 뒷문을 슬며시 열어놓기도 한다

꽃눈

사흘 낮 아픔을 먹고
사흘 밤 통증을 재웠다

겨우 눈이 열리매
아가 고맙다

이레 낮 생각을 먹고
여드레 밤 생각을 재웠다

겨우 가슴 열리매
아가 고맙다

늦은 봄눈은
꽃눈을 틔우기 위해서 온단다

화부산花浮山

삯바느질하던 어머니 반짇고리는
오만 가지 꽃이 핀 앞산 같았다

봄꽃 피면 꿈도 따라 피었다
누나는 선생님이 되고 싶다고 했다

어머니는 울다 잠든 누나 머리맡에서
세모, 네모, 색색 조각을 잇고
돋워놓은 심지는
검은 한숨을 길게 뱉었다

오 남매의 웃음만큼 조각보는 환했지만
참꽃 흐드러진 날
오 남매 만이, 누나는 새벽 기차를 탔다

가리봉동 가발공장에서, 봉제공장으로
몇 번이나 참꽃이 피고 지고 나서야
시들어 돌아온 누나는
〉

'미안해'
핼쑥하게 웃었다

쿨럭쿨럭 기침할 때마다
밥상 보자기는 뒤척이고
꽃잎은 하릴없이 날아다니던 날이었다

독백
― 요한이는 두 번 파양되어 성당에서 살고 있다

1

세상과 처음 만났을 때 나도 감히, 응아 울었을까요 내 생일은 베이비 박스 벨이 울렸던 날, 생일이 돌아오면 사각 상자가 고향 같아서 방문을 닫아요 생년월일한 줄 남기지 않고 베이비 박스 문을 닫으며 나를 세상에 데려온 이는 눈물 흘렸을까요

생일날이 오면 구석구석이 가려워요 손톱 지나간 자리마다 붉은 길이 죽죽 나요 그 길에도 코스모스 피듯 그리움은 피어나, 내 눈과 입은 엄마 얼굴에 내 코와 눈썹은 아빠 얼굴로 그려봐요 본 적 없는 얼굴 완성할수 없어 그리다, 그리움 밀쳐봐요

2

새로 생긴 세 번째 아빠는 신부님 기쁜 날 마음이 가려워요 손톱 날을 세워 북북 긁어요 오선이 그려져요 오선지에 음표같이 붉은 피 올라오고, 그 자리 소나무껍질 같은 딱지 앉으면, 낮고 쉰 목소리는 거친 노래만부를 거예요 슬픈 노래 고운 노래는 부르지 않을 거

예요 똑같은 말 더 묻지 말아요 딱지를 떼려고도 하지
말아요 고름이 분수처럼 뿜어져 나올걸요 그 자리에
뭘 발라줄 건데요 그 애를 왜 할퀴었느냐고 묻지 말아
요 그 애는 입술로 나를 때렸어요 손톱을 자르려고 하
지 말아요 손톱 대신 내 입술을 자르겠어요

멍

　그녀 말은 꾸밈음이 많았다 비련의 주인공처럼

　내 인생은 5종 종합세트예요 세상의 불행을 다 가진 사람이라고
　겉멋을 부린다 엄살이다 호들갑이 비위 상해 타박을 주었다
　그녀는 입을 다물었다

　토요일 오후 빈 계단에서 가쁜 숨을 누르다, 문득
　그냥, 외로웠던 거야
　그냥, 아팠던 거야

　아침에는 간섭하지 말아요. 전처 아들 볼멘소리 듣고,
　저녁 모임에 와서는 나이 많은 남편 전화 몇 번씩이나 문밖 나가 받던 그녀

　이제 내 옆에 없는 그녀, 검은 구석에 푸른 멍처럼 앉아 있다

꽃을 꽂은 여자

빌딩도 땀 흘리는 삼복
여자는 동토에서 금방 도착한 듯
군용 담요를 뒤집어쓰고 군화를 신었다

그녀는
꽃 진 나무에 거울 걸어놓고
땟국 흐르는 골진 얼굴
양귀비 몸 가꾸듯 요리조리 살펴보고는
빗도 들어가지 않는 쑥대머리를 만진다

매무시 다듬다
벚꽃 터지듯 터지는 웃음
마음 한쪽 닫으면 다른 쪽 마음이 열리는 걸까

주렁주렁 달고 다니는 보따리 여며 사라지는
꽃을 꽂은 여자

세상이 미워지는 날은
마음 한쪽 닫고
거울 앞에 서볼 일이다

3부

몸은 가운데부터 운다

호수는
가랑잎 하나 날아와도 가운데부터 운다

병치레 잦은 나로, 애면글면하던 엄마는 할머니가
집 떠난 틈 타 씨암탉을 고았다 온다는 날보다 일찍
돌아온 할머니 악담이 창호지를 뚫고, 작은 심장을 뚫
어 양은 대접에 숟가락 부딪는 소리가 달달거렸지만
엄마는 꿈적 않고 뽀얀 국물을 내 입에 떠 넣었다
괜찮다 어여 먹고 일어나기만 해라

젖먹이를 친정에 맡긴 나는
젖이 돌 때마다 몸살이 왔다 젖몸살 앓는 동안 딸은
가슴을 앓았는가 보다

일찍 젖 떨어진 딸은 자주 마음을 다친다

마음 골골한 딸 입에 물릴 젖도 없고 몰래 고아 먹일
씨암탉도 없는 나는
잔기침하는 딸 밤새워 물수건이나 갈아주는 나는

늦은 젖이 도는 듯 가슴이 저리다

몸은 가운데부터 운다

호박죽

붉은 호박 껍질을 벗긴다
칼날 들이지 않는 품이
생전 아버지 같다

속살에 남은 고집까지
숭덩숭덩 썰어 곰솥에 끓인다

거른 호박에 삶은 팥
푹 불린 찹쌀을 넣고 앉히니
뼈 없는 호박은 자꾸만 눕는다

당신이 만든 주걱으로
바닥을 오래오래 젓는다

탱글탱글한 붉은 팥
낟알, 오롯한 흰 찹쌀
노란 맛이 어우러진
죽 먹는 저녁
〉

한 그릇 더 떠놓고
물집 잡힌 손을 오래 본다

무심천無心川

두 아들
먼저 보낸 어머니는 통곡하지 않았다

무심천 닮은 어머니는 눈물 대신 한숨을 깨물었다

오늘은 맏시숙 기일
수런거리는 가슴 종일 재우며
지졌을 소전 어전 육전

어머니 붉은 울음 동쪽에 괴고
어머니 하얀 눈물 서쪽에 괴고
남편과 나는 절을 했다

소리 없는 울음 들은 듯
마른 눈물자리 본 듯
차마 멀리 날아가지 못한 소지
하얗게 내려앉는 밤

강물은 오래오래 뒤척이었다

바람 부는 날

몸은 기억한다

등 둥글게 말고 몸의 무게를 몰랐던 그때
둥근 물속 그 따스한 아늑을

바람 차고 사는 게 무거운 날

아득한 아늑이 그리운 날

애벌레처럼 등 둥글게 말아 이불 속에 묻고
'엄마'하고 불러본다

아쁘깡

원래 사내 녀석들은 말이 늦다고 했나
십육 개월 된 외손주 유일한 단어는 아쁘깡

눈치는 빤해서 말귀는 다 알아듣는 품샌데
도통 말문이 열리지 않는다

암호 같은 단어
지에미 귀는 '이게 뭐야'로 들리는 모양이다

— 아쁘깡
— 텔레비전
— 아쁘깡
— 나팔꽃
— 아쁘깡
— 소방차

그 녀석은 짓이 나서 아쁘깡을 연신 해대는데
꼬리 살짝 올라간 그 음과 리듬이 맛나다
〉

아쁘깡, 아쁘깡 가리키는
제 손가락 끝에서 고개 드는 것들이
온몸으로 반갑고 신이 나는 모양이다

지금 나는 묻지 않는다
아는 게 없는 손주는 짓이 나 묻고,
쥐뿔만큼 알고 있는 나는
각별하게 물을 일 없으니 짓이 나는 일도 없다

가볍고 맛난 손주의 아쁘깡을 가만히 따라 해본다
— 아쁘깡

이별 준비

시아주버님 삼십사회 기일, 남편은 무릎 꿇고 고했다 형님 삼십사 년 동안 제가 형님을 모셨는데, 장성한 형님 딸이 형님을 모시겠다고 합니다. 이제 내년부터는 딸과 사위 제사를 받으시기 바랍니다. 지금까지 잘 보살펴주신 것처럼 앞으로도 지켜봐주시고 보살펴주시기 바랍니다 안녕히 가십시오. 제사 때마다 눈치 보며 일찍 퇴근해야 했던 부담과 갈등은 간 곳이 없고 울컥하다 어머님께서 결정하신 일이었지만 먼 산 보듯 하시며 어머니는 아드님 사진을 한참이나 보신다 어머니는 준비하시는가보다 몇 년 전에는 아끼시던 옷과 몇 가지 패물을 나눠주시더니 올해는 제사를 정리하신다 비취빛 슬픔이 인다 어머니가 주신 비취반지를 내려다본다

대구

바닷가 양철 지붕 자글자글 끓는 날
바지랑대 걸린 풍채 좋은 대구 한 마리
허연 배 다 드러내고, 큰 입 벌리고 매달려 있다

멀뚱한 그 눈에 바다는 없다

요양병원 창밖을 보고 있던 아버지 눈에도
흔들리며 떨어지는 오동잎은 없었다

버석 마른 아버지는
낯선 듯
멀뚱한 눈으로 우리를 보고
부서진 기억 끝내, 그 조각을 모으지 못하셨다

마늘을 심다

침묵이 무거운 듯
밭둑 매실나무 사래를 친다

질러가던 바람이
검은 비닐을 요란하게 울리고
저지레를 치는데도
사내는 서두르지 않는다

땅이 얼기 전에 마늘을 심어야 한다고
게으른 아내를 재우쳐 데리고 왔지만
일머리 없는 아내를 나무라지도 않는다

퇴직,
아직 여물지 않은 손이
새 흙을 고르고 새 비닐을 치고 비닐 구멍에 씨 마늘
꼬옥 눌러 심는다

뒷방으로 나앉은 사내
그 심중을 헤아릴 수야 없지만
〉

눈 삐죽이 열고 움 솟으면
심지 질긴 마늘잎은 자라겠다

밸런타인데이

벽이 두꺼우니
들어온 바람 더 차다

목덜미 깃을 세워보지만
마음은 숭숭 구멍이 나고

당신과 나는
사각 얼음을 잔에 쌓는다

빙산에 발렌타인을 붓는다

날이 선 얼음 솜털 바짝 세우더니
제풀에 잔금까지 난다

목 핥던 차가운 열기
흐물흐물 벽을 허물고
잔금까지 지우니

먼 길 돌아온

물집 잡힌 마음도
당신 가슴까지 가닿는다

은행나무

길 어귀부터 만장이 펄럭인다

선소리도 없는데
슬픔이 길에 가득하다

생전 작업복 입고
자전거만 타시던 아버지는
안동포 고운 수의 입고
리무진 타고 떠나셨다

은행잎 찬란하고
만장 행렬 화려한 것은

마음 다하지 못한
사랑이 남아 있다는 것이다

배추를 씻으며

절인 배추를 씻는다 어머니하고

투박한 겉잎을 젖히니
젖먹이 사타구니처럼 하야니 포동포동하다
흠 하나 없다
한 잎 한 잎 젖히며 배추를 씻는다
몇 장 남지 않은 배춧잎을 보며
남아 있을 나의 삶 몇 장을 생각한다
속살 다치며 살아온 날 많아
돌아오는 날도 뻔해 보이는데
간직할 사랑 아직 남아 있을까
설레일 일이 아직 남아 있을까
노랗고 고소한 속잎
마지막 한 장 다 씻어가는데

문득 건너편 어머니 속살이 궁금해진다

큰이모

이모네 언니 시집가는 날이다

전 부치는 아낙들 달뜨고 무쇠솥 뚜껑도 신나서 치익치익 신안댁 입담에 토담 아래 봉숭아도 키들키들 허리 잡고 기름내 따라 떼 지어 온 녀석들은 지 에미가 몰래 넣어준 전을 입 터져라 물고 뜨거워 쩔쩔매는데 빨간 양산 뾰족구두 또각또각, 언니보다 훨씬 예쁜 여인이 얄랑얄랑 대문을 들어섰다 솥뚜껑을 넘나들던 수다들이 울던 아이 젖 물린 듯 뚝 멎는데 어디서 나났는지 큰이모는 그녀 손을 낚아채 골방에 처넣고 그녀 입에다 종주먹 들이대고는 획 마당으로 갔다 골방에서 뾰족구두는 김장 배추같이 숨이 죽고 지난가을 메주 냄새는 부스스 몸을 털고 일어났다 빨간 백을 쓸어보는 내게 '예쁘지?' 튀기려고 칼집 넣어 뒤집어 놓은 반죽을 가리키며 '이건 뭐니?' 꼬리 살짝 올라간 목소리는 언젠가 먹어본 초콜릿 같았다 뾰족구두가 코를 쥐고 문틈으로 내다보는 부엌에서는 기름이 끓고, 마당에서는 '아녀, 아녀 아니래두 그려유 남세스럽게' 옹님 엄마 싫지 않은 듯 손사래치고 뾰족구두를 신고

뒤뚱거리는 나는 그 신식 여자를 작은이모라고 불렀
다. 기름내는 온 동네로 퍼져나갔다

튜브 속 세상

이리 짜고 저리 짜도
피식피식 헛기침만 하고
나오지 않는 클렌징폼

찌그러진 곳 펴고
한쪽 눈 감고 들여다보니
희붐한 속이 제법 넓은데
내 세상이 저만하지 싶다

튜브 허리 싹둑 잘랐다
턱에 걸려 있는 클렌징폼
주저앉아 있는 여자 같다

튜브 속 들여다보다
부엌 바닥에서 두 다리 뻗고 울던 엄마
넘지 못한 문지방을 생각한다

고사목

푸석하게 삭은 가슴속은
어린 밤벌레만 분주하다

아버지 팔뚝 힘줄 터지도록 흙을 판 일이나
저 나무 물관 불거지도록 초록을 끌어올린 일

살아가는 일의 극점은
잎을 무성하게 키우는 일

사랑은 오래오래 무너지는 것이어서
마른 가죽만 버석거리던 아버지 팔뚝

우듬지 잘린 나무
실핏줄 마른자리는 빈 심장을 닮았다

다 비우고도 끝내 놓을 수 없었던 것
고사목은 가슴 한쪽을 말아 움켜쥐었다

생일

너는 오지 않고 네 그림자만 길게 온 밤
겨울비 툭툭 가슴을 친다
어렸을 때 엄마는 생일날 점심에 긴 국수를 삶아주
셨는데

네가 펄펄 끓는 약탕기를 뒤집어쓰고 생사를 넘나
들 때
돌 때 무명실을 잡았으니, 괜찮다 괜찮다 명은 타고
나씬깨, 엄마는 짙은 어둠을 삼키셨다

키우던 검둥이 실린 트럭 따라간 네가 늦게 돌아온
저녁
동구 밖 당산나무 아래서 엄마는 별일 있으려고 마른
침만 삼키셨다
그 밤 얼룩진 얼굴로 너는 돌아왔는데

마흔 갓 넘기고 떠난 너, 너는 오지 않고 해마다 돌
아오는 생일
엄마는 정유년 예순 번째 네 생일에 몇 번이나 진한

동그라미 덧그리신다

　검둥이 따라갔던 날처럼 젖은 눈으로 네가 올 것 같
은 밤
　겨울비는 벗은 나무를 툭툭 친다

아우성

일요일 맑음
아침 식탁
물속 같다 숨이 차다

허리 펴라
잔소리 언제 그만두실 거예요

국은 입에 맞니
괜찮아요

휴가는 언제부터
그건 왜요

밥을 먹으면서
연신 폰을 터치하는 아이

우리는 길 잃은 이방인
서로의 말을 몰라 문을 닫는다
〉

'쾅'
더 확실한 언어는 없다

우리는 벽 속에 갇혔다
침묵이 고래고래 소리를 지른다

먼 별

사방은 꽃 비린내로 어지럽고

감자꽃은 하얗게 서럽다

유월 그믐이 생일인 어미
눈물도 말라, 미역국이 목멘다

먼 별에 짐 푼 맏이는
기별이 없고

하얀 민들레는 바람 순한 날 골라 몸 풀지만
저 씨앗 어느 별에 제 짐 풀까

어미는 별 없는 하늘만 본다

돌무덤

짐승 울음소리에 눈뜬 새벽
아버지 지게 위
둘둘 말린 거적을 문틈으로 보고 있었다

엄마 치맛자락으로 제 몸 말아 감추고
빼꼼 눈만 내밀던 동생
숫기 없어 아버지 구박 자주 받던
낯가림 심했던 동생

사립문 붙잡고 짐승처럼 울던 엄마
동생 또래 만나면
치맛자락 뒤집어 자주 코를 풀고
동생 꿈이라도 꾼 날이면 돌산을 찾았다

수줍은 얼굴에 붉은 꽃 피었던 팔월
연잎에는 유난히 이슬이 많았다

4부

이명고개*

고개 아래에는 갑자기 알몸이 된 집이 있다
댓돌 대신 인도 위에 신발이 가지런히 놓인 집
푹 꺼진 안방은 팔순 노모 정수리를 내놓는다

낮은 이마 맞대고 굴뚝 연기 다정했던
산골 마을을 모두부 자르듯
길은 노모의 집 한가운데로 났다

생이별하고 저만큼 나앉아 있는 긴 옹벽 위
몸 드러난 애기보살집 연등암이 멋쩍다

히말라야시다 밑동이 보이는
창 낮은 카페 바그다드에서
시인들은 싯다르타를 이야기한다

길이 반듯할수록 사람의 길은 멀고
첫물 딴 옥수수 나눠 먹던
이웃 가는 길도 멀어진다
〉

수십 년을 같이 살았지만
생경한 이름 히말라야시다,
고갯길 가로수는 여전히 낯익은 이방인 같다

히말라야시다, 카페 바그다드, 싯다르타
우리는 낯선 것들에 익숙해져가고
걸음 더딘 노모는 나무관세음보살을 중얼거린다

* 강원 강릉시 교1동과 교2동 사이에 있는 고개

숨은 꽃
— 소녀상

지은 죄 없이
숨어 살아

꽃 지천으로 피는 봄이 와도
핀 적 없어라

한겨울 눈 오는 밤에도
동백꽃은 피고 지는데

지은 죄 없어
꽃 핀 적 없어

천년이 되어도 질 수 없어라

어판장 커피집

어판장 커피집은
빨간 우체통을 닮았다

경매인 김가와 눈 맞았다고
밤새 제 계집을 두들겨 팬 박가
노름빚으로 영진호가 넘어갔다는
날마다 부화하는 소문들

핏발 선 눈들이 모이는 그곳에는
오징어 내장처럼
비릿한 언어들이 날아든다

지난밤 울화가 다시 치미는 듯
박가는 훅훅 커피를 분다

눈 부릅뜬 삶이 날 몸으로 퍼덕이는 어판장
간이 커피집에는 새벽마다
소인 없는 소문이 쌓였다 흩어진다

연당蓮堂

부처님 모시는 꽃인 줄 알았는데

동쪽 해 등지고 서 있는 너는
본디 몸 더운 여인

물방울 미끄러지는 잘록한 허리

실핏줄 비치는 엷은 살결은
달빛을 닮았다

밤새 찰방대던 물소리는
더운 몸 식히는 소리

몸 젖은 여인 서 있는 새벽 연당

울던 풀벌레도 숨이 멎고

몽돌

헌화로*에서
큰 몽돌은 큰 소리로
작은 몽돌은 작은 소리로

차르르 차르르 돌돌돌

얼마나 오래 구르고 부딪히면
몸도 소리도 둥글어질까요

날 선 파도가 왔다 갈 때마다
몸 둥글어지고, 소리 작아지는 몽돌

헌화로에서는
몽돌이 꽃 대신 제 몸을 바치어 살아요

* 동해안 심곡항에서 금진항까지의 길

검은 숲이 젖어 있다

세월호 참사 2주기가 되었습니다. 티브이를 끈다

하이델베르크 성 오크통 앞에서 가이드는 말했다. 세계에서 제일 큰 이 통은 입구가 좁아서 두세 살 어린 아이 백 명을 넣어 청소했다고, 소름이 돋는다 아이들이 출구 없는 어둠 속에서 엉겨 구른다 공포는 더 빨리 오크통을 돌린다 오크통은 비명을 돌리고 그 비명의 소용돌이는 팽목항까지 와서 팽목항을 돌리고 아이들은 갑판을 기어오르다 굴러 떨어진다, 아이들이 차가운 어둠 속으로 떨어질 때 고흐의 별은 소용돌이 치고 절규는 뭉크를 낳고 달리의 시계는 탁자 위에 늘어져 있다

아이들이 담장에 널어놓은 시래기 같다 검은 가루가 날개를 펴고 독수리처럼 덮쳐온다 얘들아! 빨리, 빨리, 한 아이가 뛴다, 둘, 셋, 넷, 다섯… 서른, 아이들이 전력질주한다 금 긋기에 정신 팔린 한 아이, 이름이 생각나지 않는다 얘야 그 아이는 듣지 못한다 그 아이를 안고 뛴다 방문이 아득하다 문에는 문고리가 없다 저기 한 아이가 온다 눈 코 입이 없다 얼굴에서 검은 물이

흐른다 별들은 소용돌이치고 검은 소용돌이가 아이를
삼킨다 꺼어 꺽 목소리는 지워졌다

 번쩍 눈을 떴다,

 검은 숲이 젖어 있다

이슬

바람이 까치발로 걸어가는 솔숲

달맞이꽃 난간에 달빛으로

솔잎 난간에 솔빛으로

바람 난간에 바람빛으로

작은 몸, 숲을 다 품었다

빛 받아 빛으로 빛나는 생이다

봄 마중

독기 빠진 바람 간지럽다고
몸 뒤틀며 앙탈 부리는 강물

버들개지 실핏줄은 붉어오는데
날마다 두고 온 그림자만 밟는 갈대

어디쯤에서 순하게 봄을 맞을 수 있을까

물 주름으로 밀려오는 동그란 시간
나는 발효된 기억만 되새김질하는 갈대

처서

더위 꺾이고 아침저녁으로 바람은 선선한데

한낮 모래밭은 펄펄 끓어
식스팩, 에스라인을 자랑하는 젊은이들이 넘친다

그들에게 허리 굽는 날은 영원히 올 것 같지 않아서
모래밭에 닿을 듯 걸어가는 그녀는 안드로메다에서
온 것 같다

늦더위 기승에 마음은 속여도 몸은 속일 수 없는지
길 건너 벚나무 정수리 붉고 대추 볼도 붉어온다

철 지난 바닷가 해송 초라한 그늘 덮고
공병자루 베고 잠든 할머니 날숨에서는 소줏내가
난다

눈 오는 날

안목 가는 길 하얗게 지워진 길 위에
왜송이 정색한 몸짓으로 서 있습니다

춤을 추다 그대로 멈춘 듯 익살스런 포즈
그 소나무 배 불뚝한 삐에로를 닮았습니다

서류에 남편의 본적을 적던 날, 고향을 잃어버렸습
니다

새 고향은 낯설어 마음은 길 위에 있고
뚫린 가슴은 바람만 머물다 갑니다

어릴 적 골담초 풍성했던 장독대도 마음 밖에 있습
니다

눈 오는 날이면
지워진 길 위에서 웃고 있는 삐에로 같습니다

천 개의 바람이 되어*

한 번도 제 빛을 보지 못한 별
간다는 말도 없이,
세상 밖으로 떠나려고 한다

장에 간 엄마 찾으며 보채던 네 얼굴
꾀죄죄한 눈물 자국은 어제 일 같고
붉나무 정수리는 아직 물도 안 들었다

너를 잡는 손 쌀쌀하게 밀어내는 화부
대답 없는 이름만 목을 놓아 부른다

내 무덤 앞에서 울지 말아요
나는 그곳에 있지 않아요
나는 천 개의 바람이 되어 하늘을 날아다니고 있어요*

꽃망울 터지고 물살 이는 봄날
볼 간질이는 바람 만나면 너인 줄 알까

뜬금없는 게 삶인 줄 짐작은 했지만

우리 남매 인연 예까지일 줄은 몰랐다

* 작자 미상의 시 「천 개의 바람이 되어」, 호주인들이 묘비명에 많이 쓰는 시
  라고 전함.

연변

　북경을 거쳐 연변에 도착했습니다 몸은 북경의 8월 뜨거움을 기억하고 있는데 공항에서는 가을바람이 기다리고 있었습니다 당신이 처음 발을 디뎠던 날도 들녘은 차고 시렸겠지요 당신이 이고 지고 품고 온 짐, 고향을 풀어놓은 지 수십 년인데, 한글과 한자가 나란히 적힌 간판이 서 있는 거리는 내 유년기의 읍내를 닮았습니다 사과배가 가득한 용정 들판, 바람은 사과배처럼 향기도 맛도 두 가지로 불었나 봅니다 이 땅에 몸은 교접해도 하나가 될 수 없었는지 밥상은 한족 원탁 모양, 밥과 반찬은 조선식으로 차려져 있습니다 한족 말과 조선족 말을 유창하게 하는 당신들이지만 조선옷을 입고 아리랑을 부르며 춤사위 추임새는 고향 어머니를 닮았습니다

　낯익은 듯 낯선 곳.

정물화

세잔이 그린 그림 같았다
노을빛 배경에 장미꽃 화사한 정원 하얀 울타리
회색빛 테이블에 어린 고양이가 네 발 모으고 누워
있다

돌아오는 길
어둠 속에서 어린 고양이를 핥고 있는 고양이
차가 가까이 가도 꿈적 않는다
죽음을 털이 다 젖도록 핥는다

애써 외면했지만
눈 감고 몸 싸늘해도 고양이는 정물이 아니었다

비설飛雪
― 제주 4·3평화 공원 모녀상

식어가는 새끼 데우려고
어미는 숨을 모으고
있는 숨구멍을 다 열어
제주도 돌은 온몸이 구멍이다

영문 모르고 쫓기던 어미는
비설 속에 무릎 접어,
몸 말아 새끼 품고

어질고 순데기인 어미는
　왕이 자랑 왕이 자랑 수덕 할매 자손 단밥 먹엉 단잠
재워줍서*
　새끼 재웠을 것이다

　어린 모녀 잠드는 동안
　그 많던 까마귀도 차마 울지 못했을 것이다

　갈대밭 지름새 날아오르면

100

검은 돌구멍은
왕이 자랑, 왕이 자랑 왕이 자랑
몸으로 운다

* 제주도 자장가

화해와 연민으로 가는 도정,
그리고 순정함

이홍섭(시인)

첫 시집은 시인으로서의 존재 증명이기도 하지만, 무엇보다 자신의 존재 증명이라 할 수 있다. 언어를 통해 잠든 나의 내면을 흔들어 깨우고, 이를 통해 나를 일으켜 세우는 존재 증명은 때로는 고통을, 때로는 희열을 느끼게 해준다.

임인숙의 이번 첫 시집도 이러한 존재 증명의 지난한 과정을 잘 보여준다. 지나온 시간과 공간에 켜켜이 둘러싸인 채 잠들어 있던 내면의 저 깊은 곳을 흔들어 깨우고, 홀로 질문을 던지고 또한 홀로 답을 얻으며 자신의 일으켜 세우는 이번 시집은 불화(不和)에서 화해(和解)로, 화해에서 따뜻한 연민으로 나아가는 아름다운 도정을 보여준다. 이름으로 자신의 내면을 들여다보는 아래 시는 그 도정의 시작이라 할 수 있다.

이왕 끓으려면
녹슨 쇳덩이라도 녹여 쇠북을 만들든지
아니면, 입맛 나는 청국장이라도 끓이든지
기껏 제 속이나 끓인다

仁淑, 사주와 잘 맞는 이름이라고 한다
점쟁이는 숙淑의 물水이, 넘치는 화火를 꾹 눌러
세상과 화해하면서 사는 게 그나마 이름 덕이란다

아버지가 딸을 조금 덜 사랑해서 아니면 더 많이
사랑해서
숙淑이 숙熟이 되어 끓어 넘쳤더라면
당신을 폭파했을까, 내가 터졌을까
가슴에 우담바라를 피웠을까
녹슨 쇳덩이 녹여 하늘이라도 울렸을까

멀찍이서 세상을 구경이나 하듯 산 게 이름 탓
인가
생트집을 잡아본다

—「생트집」 부분

시인은 자신의 사주에 화(火)가 꽉 차 있다며 그나
마 자신이 세상과 화해하며 사는 것은 이름 덕이라는
풀이를 한 뒤, 아버지가 딸을 조금 덜 사랑하든가, 아니면 더 사랑해서 이름이 바뀌었다면 어떻게 되었을까 하는 자문을 던진다.

이 시에서 주목되는 것은, 시인이 자신의 이름을 풀이하며 아버지를 불러냈다는 점과 "멀찍이서 세상을 구경이나 하듯 산 게 이름 탓인가"라며 자신이 세상과 거리를 두고 살았다고 인식한다는 점이다.

여러 신화와 정신분석학이 보여주고, 많은 시들이 입증해왔듯이 아버지와 어머니라는 존재는 자식들의 내면과 세계관을 형성하는 원천이 된다. 처음으로 자신의 존재 증명을 드러내는 이번 시집에서도 아버지와 어머니는 시인의 내면과 세계관을 형성하는 데 큰 영향을 미쳤음을 여실히 보여준다.

하지만 시인에게 이 두 존재는 서로 다른 모습으로 영향을 미친 것으로 나타난다. 아버지는 "칼날 들이지 않는 품이 / 생전 아버지 같다"(「호박죽」) "생전 작업복 입고 / 자전거만 타시던 아버지"(「은행나무」)라는 표현에서 알 수 있듯이 엄하고 변하지 않는 존재의 위상을, 어머니는 "엄마는 짙은 어둠을 삼키셨다"(「생일」) "부엌 바닥에서 두 다리 뻗고 울던 엄마"(「튜브 속 세상」) "사립문 붙잡고 짐승처럼 울던 엄마"(「돌무덤」) 등에서 알 수 있듯이 어둠과 울음을 품고 있는 존재의 위상을 갖고 있다.

자신의 이름을 호명하는 위의 시에서 시인이 "멀찍

이서 세상을 구경이나 하듯" 살았다고 토로하는 것은 이 아버지와 어머니 사이에서 자신의 내면과 세계관을 형성하는 것이 쉽지 않았음을 역설적으로 보여준다고 할 수 있다.

붉은 호박 껍질을 벗긴다
칼날 들이지 않는 품이
생전 아버지 같다

속살에 남은 고집까지
숭덩숭덩 썰어 곰솥에 끓인다

거른 호박에 삶은 팥
푹 불린 찹쌀을 넣고 앉히니
뼈 없는 호박은 자꾸만 눋는다

당신이 만든 주걱으로
바닥을 오래오래 젓는다

탱글탱글한 붉은 팥
낟알, 오롯한 흰 찹쌀
노란 맛이 어우러진
죽 먹는 저녁

한 그릇 더 떠놓고

물집 잡힌 손을 오래 본다

―「호박죽」전문

짐승 울음소리에 눈뜬 새벽
아버지 지게 위
둘둘 말린 거적을 문틈으로 보고 있었다

엄마 치맛자락으로 제 몸 말아 감추고
빼꼼 눈만 내밀던 동생
숫기 없어 아버지 구박 자주 받던
낯가림 심했던 동생

사립문 붙잡고 짐승처럼 울던 엄마
동생 또래 만나면
치맛자락 뒤집어 자주 코를 풀고
동생 꿈이라도 꾼 날이면 돌산을 찾았다

수줍은 얼굴에 붉은 꽃 피었던 팔월
연잎에는 유난히 이슬이 많았다

―「돌무덤」전문

한 번도 제 빛을 보지 못한 별
간다는 말도 없이,
세상 밖으로 떠나려고 한다

장에 간 엄마 찾으며 보채던 네 얼굴
꾀죄죄한 눈물 자국은 어제 일 같고
붉나무 정수리는 아직 물도 안 들었다

너를 잡는 손 쌀쌀하게 밀어내는 화부
대답 없는 이름만 목을 놓아 부른다

내 무덤 앞에서 울지 말아요
나는 그곳에 있지 않아요
나는 천 개의 바람이 되어 하늘을 날아다니고
있어요

꽃망울 터지고 물살 이는 봄날
볼 간질이는 바람 만나면 너인 줄 알까

뜬금없는 게 삶인 줄 짐작은 했지만
우리 남매 인연 예까지일 줄은 몰랐다
　　　　　　　　　　—「천 개의 바람이 되어」 전문

　위의 시들은 시인이 유년 시절을 회고하며 저 내면
깊은 곳에 숨어 있던 불화와 상실을 흔들어 깨우며 화
해와 연민으로 가는 과정을 잘 보여준다. 「호박죽」,
「고사목」, 「대구」, 「은행나무」 등의 시를 통해 등장하
는 아버지는 불화에서 화해로, 「돌무덤」과 「천 개의 바

람이 되어」로 대표되는 어머니와 남매의 인연을 다룬 시들은 상실에서 연민으로 나아가는 도정을 잘 보여준다.

특히 후자의 시들은 시인과 시인의 어머니가 공유하고 있는 이별과 상실감으로, 이는 여러 편의 시에서 생명에 대한 지극한 연민과 애틋함으로 번져나간다. 시인이 「무심천」, 「이별 준비」 등의 시에서 시댁 식구들의 상실에 쉽게 동화되는 것도 이러한 유년 시절의 상실감과 잇닿아 있기 때문일 것이다.

시인은 이러한 불화와 상실을 딛고, 화해와 연민으로 나아가면서 "멀찍이서 세상을 구경이나 하듯" 살아온 삶은 점점 더 세상과 거리를 좁혀간다. 제주 4·3 평화 공원 모녀상을 소재로 삼은 시 「비설飛雪」, 소녀상을 그린 시 「숨은 꽃」, 세월호 참사를 다룬 시 「검은 숲이 젖어 있다」 등 역사와 시대의 아픔을 직접적으로, 절절하게 노래한 시들이 이를 잘 입증해준다. 특히 「검은 숲이 젖어 있다」는 비극적 현실 앞에서 교사였던 시인이 느낀 아픔과 고통을 절절하게 전해주면서 생명의 존귀함을 다시금 일깨워준다.

시인이 화해와 연민을 통해 닿은 깨달음은 "보잘것없는 삶이라도 / 삶은 버티는 것"이고 "세상을 사랑하는 일은 / 시린 허공에 계단을 쌓는 일"(「설해목」)이라는 것이다. 몸이 활처럼 휜 설해목을 보며 "세상을 사랑하는 일은 / 시린 허공에 계단을 쌓는 일"이라는 깨달음을 얻는 것은 숱한 자문자답을 통해 부단히 자신을 일으켜 세운 자만이 가능한 세계이다. 아래 시는 이러한 세계가 낳은 진경을 보여준다.

저녁 해 그림자 길게 뉘면 말을 걸고 싶다

이슬을 덮고 인적 드문 벤치에 누워 있는 남자
빈 박스, 무겁게 끌고 가는 등 굽은 노인
어두운 골목에서 누군가 기다리는 소녀

말 없는 그들을 흔들어보고 싶다
흔들다 눈물이라도 떨구면 그냥 젖고 싶다

축축하게 젖어 무겁게 얹힌 말
누르는 돌을 들어내주고 싶다

창문만 두드리다 돌아가는 바람일지라도
말을 걸고 싶을 때가 있다

서쪽으로 그림자 길게 누우면
침묵에 익숙한 그들에게 말을 걸고 싶다
　　　　　　　　　　　　　　 ─「말을 하고 싶다」 전문

마치 나지막한 노래처럼 흘러나오는 위의 시는, 시인의 지난한 도정이 닿은 세계를 보여줌과 동시에 다음 시집의 서문을 여는 작품이라 할 수 있다. 이 시에는 아무런 편견도, 아무런 작위도 개입되어 있지 않고 단지 "침묵에 익숙한 그들에게 말을 걸고 싶은" 시인의 순정한 마음만이 드러나 있다. 그것은 세상 모든 시인이 부러워하는 세계가 아니던가.

몸은 가운데부터 운다

1판 1쇄 인쇄	2019년 12월 16일
1판 1쇄 발행	2019년 12월 24일
지은이	임인숙
발행인	윤미소
발행처	(주)달아실출판사
책임편집	박제영
디자인	안수연
마케팅	배상휘
주소	강원도 춘천시 춘천로 17번길 37, 1층
전화	033-241-7661
팩스	033-241-7662
이메일	dalasilmoongo@naver.com
출판등록	2016년 12월 30일 제494호

ISBN 979-11-88710-56-0 03810

• 이 도서의 국립중앙도서관 출판예정도서목록(CIP)은 서지정보유통지원시스
  템 홈페이지(http://seoji.nl.go.kr)와 국가자료공동목록시스템(http://www.
  nl.go.kr/kolisnet)에서 이용하실 수 있습니다.(CIP제어번호 : CIP2019049503)
• 잘못된 책은 구입한 곳에서 바꿔드립니다.
• 책값은 뒤표지에 표시되어 있습니다.

이 책은 강원도, 강원문화재단 전문창작예술지원금으로 발간되었습니다.